Le

DÉSERT.

LE DÉSERT.

DE

FÉLICIEN DAVID.

IMPRESSIONS

D'UN AMATEUR,

SUR

l'air de Fualdès ;

AVEC ILLUSTRATIONS.

PRIX : 50.^c

LYON.

LITHOGRAPHIE H. BR., FONV. ET Cie.

1845.

Le Désert

L'ame, plongée en extase
Devant un bruit souterrain,
Entend qu'elle n'entend rien.
C'est le désert, c'est l'espace....
Un homme, habillé de noir,
Raçonte ce qu'on va voir.

Chœur des Voyageurs.

Dans ce pays bien sauvage,
Que va nous peindre si bien
David dit Félicien,
Ce qui donne du courage
Aux malheureux voyageurs
C'est de s'écrier en chœurs :

L'Auteur

Allha! Allha! Allha! Allha!
A.... allha! Allha! Allha! Allha!
A.... allha! Allha! Allha! Allha!
Allha! Allha! Allha! Allha!
A.... allha! Allha! Allha!
A.... allha! Allha! Allha!!!!!!!!

L'Amateur.

Ceux qui n'ont pas vu la France,
Ou qui sont sans jugement,
Donnent ce nom surprenant
A la céleste Influence
Qu'adorent les vrais croyants
Dans les déserts d'Orient.

Le Monsieur et le Point noirs.

Le même monsieur se lève,
Et dit : « Voici un point noir !
Je crois en effet le voir
Qui se déroule et s'enlève
Sur le ciel à l'horizon,
Formant un tire-bouchon.

Le Point vu de Près.

O mon Dieu, comme il approche !
Il est formé de chevaux ;
De Bédouins, de Turcs fort beaux,
De femmes, de doubles-croches,
De noires, et de chameaux
Qui sont chargés sur le dos.

Bruit de l'autre Point

Mais un autre point s'avance ;
Cet autre point est un bruit
Qui frappe tous les esprits
De terreur et d'épouvante....
Soufflez de tous vos poumons,
Trompettes, cors et bassons.

Tourbillon

Devant ce vent redoutable
Un chacun courbe le front,
Les animaux même font
Entendre un cri lamentable....
Flûtes, hauts-bois et violons
S'élancent en tourbillons.

Le calme renaît.... les basses
Et les chameaux plein d'ardeur,
Ayant banni la frayeur,
Se relèvent, et l'espace
Est de nouveau dévoré....
Le soir on s'est arrêté.

A la Nuit.

Au ciel paraît une étoile
Qui scintille en mi-bémol ;
Monsieur Boulo donne un sol
Qui nous la montre sans voile ;
Quand son éclat s'obscurcit,
On passe à la fantaisie.

Spectacle Enchanteur

Puis la danse des Almées

Vient réjouir tous les cœurs.

A ce spectacle enchanteur

Mon ame est vraiment charmée,

Et mon imagination

Se met en ébullition.

Pour endormir tout le monde,
Mamzell' Bouvard chante un chant
Que l'on entend dans les champs
Où les momies abondent....
Livrons-nous donc au sommeil,
En attendant le soleil.

Premier Soleil.

Frémissement impalpable,
Harmonieux et coulant....
Je crois voir au firmament
Un coloris ineffable
Exprimé en trémolo
Par les violons dans le haut.

Bis.

Mais l'astre de la lumière,
Au ciel s'élançant soudain,
Inspire beaucoup d'entrain
A la symphonie entière...
Chacun sue à qui mieux mieux
Pour le rendre radieux.

Quel est cet air fantastique
Que chante monsieur Boulo?
Il prend d'un ton fort haut
Dans le langage arabique :
C'est le chant du Muezzin
Qui se dit chaque matin

Le Même Monsieur et le même Point noir

Mais déjà la caravane
Fait son paquet et s'en va,
Se perdant au petit pas
Dans l'espace diaphane,
Et redevient le point noir
Qu'on nous a déjà fait voir.

Rechœur des voyageurs

Pour finir cette matière

Et ce tableau si parlant,

Soyez assez complaisant

Pour retourner en arrière;

Revenez donc, s'il vous plaît,

A mon troisième couplet.

Aux ennemis de ta gloire,
Poètes ou musiciens,
Perruquiers, cordonniers, ou bien
Membres du Conservatoire,
David, dis-leur : « Mes enfants,
Essayez d'en faire autant. »